目录

001　第一篇：你是一树一树的花开

003 / 那一世　　005 / 见或不见　　007 / 偶然

009 / 再别康桥　　011 / 我等候你　　017 / 烦忧

018 / 雨巷　　021 / 教我如何不想她　　023 / 情愿

025 / 仍然　　026 / 你是人间的四月天　　028 / 别丢掉

031 / 送别　　033 / 菩萨蛮（其一）　　035 / 菩萨蛮（其二）

037 / 无题　　039 / 也是微云　　041 / 花瓶诗

043 / 希望　　044 / 邮吻　　046 / 我的失恋

049　第二篇：我把四季都用来等你

051 ／ 蒹葭　　　053 ／ 关雎　　　055 ／ 子衿

057 ／ 子夜歌　　059 ／ 铜官窑瓷器题诗　　061 ／ 越人歌

063 ／ 上邪　　　065 ／ 迢迢牵牛星　　067 ／ 行行重行行

069 ／ 涉江采芙蓉　　071 ／ 冉冉孤生竹　　072 ／ 西洲曲

075 ／ 有所思　　077 ／ 子夜歌　　079 ／ 凤求凰（其一）

081 ／ 留别妻

083　第三篇：深知身在情常在

085 ／ 无题　　　087 ／ 暮秋独游曲江　　089 ／ 相思

091 ／ 写情　　　093 ／ 离思　　095 ／ 望月怀远

097 ／ 送人　　　099 ／ 春思　　101 ／ 赋得自君之出矣

103 ／ 折杨柳　　105 ／ 竹枝词（部分）　　107 ／ 闺怨

109 ／ 闺怨　　　111 ／ 题都城南庄　　113 ／ 赠别二首

115 / 夜雨寄北　　117 / 无题·相见时难别亦难

119 / 春梦　　121 / 长干行　　123 / 琵琶行

126 / 长恨歌

131　　第四篇：只愿君心似我心

133 / 生查子　　135 / 生查子　　137 / 生查子

139 / 过垂虹　　141 / 望江南·梳洗罢　　143 / 长相思

145 / 木兰花·拟古决绝词柬友　　147 / 红豆词

149 / 折桂令·春情　　151 / 摸鱼儿·雁丘词

153 / 西楼曲　　155 / 一剪梅

157 / 醉花阴·薄雾浓云愁永昼　　159 / 点绛唇·闺思

161 / 钗头凤·红酥手　　163 / 江城子·乙卯正月二十日夜记梦

165 / 水调歌头·明月几时有　　167 / 蝶恋花·槛菊愁烟兰泣露

169 / 车遥遥篇　　171 / 鹊桥仙·纤云弄巧

173 / 青玉案·元夕　　175 / 雨霖铃·寒蝉凄切

177 / 蝶恋花·伫倚危楼风细细

179 / 鹧鸪天·彩袖殷勤捧玉钟

181 / 临江仙·梦后楼台高锁　　183 / 玉楼春·春恨

185 / 卜算子·我住长江头　　187 / 青玉案·凌波不过横塘路

189 / 蝶恋花·庭院深深深几许　　191 / 踏莎行·候馆梅残

193 / 玉楼春·尊前拟把归期说　　195 / 怨郎诗

197 / 更漏子·玉炉香　　199 / 相见欢·无言独上西楼

201 / 节妇吟·寄东平李司空师道　　203 / 秋风词

205 / 思帝乡·春日游　　207 / 女冠子·四月十七

209 / 长相思·游西湖　　211 / 后　记

第一篇

你是一树一树的花开

我喜欢清晨是一抹靓丽,和阳光一起在你眼前跳跃,

我喜欢夜晚是一分安详,拥着你温暖入眠,

我喜欢是你深秋里的绚丽,迎风飞舞,

我喜欢落雨天是你发梢上的小水滴,随着你的节奏,一颤,一颤……

———— 题记

那一世
（清）仓央嘉措

那一刻，我升起风马，不为祈福，只为守候你的到来。

那一日，我垒起玛尼堆，不为修德，只为投下心湖的石子。

那一月，我摇动所有的经筒，不为超度，只为触摸你的指尖。

那一年，我磕长头在山路，不为觐见，只为贴着你的温暖。

那一世，转山不为轮回，只为途中与你相见。

那一天，闭目在经殿香雾中，蓦然听见你诵经中的真言。

那一月，我摇动所有的转经筒，不为超度，只为触摸你的指尖。

那一年，磕长头匍匐在山路，不为觐见，只为贴着你的温暖。

那一世，转山转水转佛塔，不为修来生，只为途中与你相见。

那一夜，我听了一宿梵唱，不为参悟，只为寻你的一丝气息。

那一月，我转过所有经轮，不为超度，只为触摸你的指纹。

那一年，我磕长头拥抱尘埃，不为朝佛，只为贴着你的温暖。

那一世，我翻遍十万大山，不为修来世，只为路中能与你相遇。

那一瞬，我飞升成仙，不为长生，只为保佑你平安喜乐。

见或不见
（清）仓央嘉措

你见，或者不见我
我就在那里
不悲不喜

你念，或者不念我
情就在那里
不来不去

你爱，或者不爱我
爱就在那里
不增不减

你跟，或者不跟我
我的手就在你手里
不舍不弃

来我的怀里
或者
让我住进你的心里
默然相爱
寂静欢喜

偶然

徐志摩

我是天空里的一片云,
偶尔投映在你的波心——
你不必讶异,
更无须欢喜——
在转瞬间消灭了踪影。

你我相逢在黑夜的海上,
你有你的,我有我的,方向;
你记得也好,
最好你忘掉,
在这交会时互放的光亮!

再别康桥

徐志摩

轻轻的我走了，正如我轻轻的来；
我轻轻的招手，作别西天的云彩。
那河畔的金柳，是夕阳中的新娘，
波光里的艳影，在我的心头荡漾。
软泥上的青荇，油油的在水底招摇；
在康河的柔波里，我甘心做一条水草！
那榆荫下的一潭，不是清泉，是天上虹；
揉碎在浮藻间，沉淀着彩虹似的梦。
寻梦？
撑一支长篙，向青草更青处漫溯，
满载一船星辉，在星辉斑斓里放歌。
但我不能放歌，悄悄是别离的笙箫；
夏虫也为我沉默，沉默是今晚的康桥！
悄悄的我走了，正如我悄悄的来；
我挥一挥衣袖，不带走一片云彩。

我等候你

徐志摩

我等候你。
我望着户外的昏黄,
如同望着将来,
我的心震盲了我的听。
你怎么还不来?希望
在每一分钟上允许开花。
我守候着你的步履,
你的笑语,你的脸,
你的柔软的发丝,
守候着你的一切,
希望在每一分钟上
枯死。
你在哪里?

我要你，要得我心里生痛，
我要你火焰似的笑，
要你灵活的腰身，
要你发上眼角的飞星，
我陷落在迷醉的氛围中，
像一座岛，
在莽绿的海涛间，不自主的在浮沉……
喔，我迫切的想望
你的来临，想望
那一朵神奇的优昙，
开上时间的顶尖
你为什么不来，忍心的？
你明知道，我知道你知道
你这不来于我是致命的一击，
打死我生命中乍放的阳春，
教坚实如矿里的铁的黑暗
压迫我的思想与呼吸，
把我，囚犯似的，交付给
妒与愁苦，生的羞惭
与绝望的惨酷。

这也许是痴。竟许是痴。
我信我却然是痴,但我不能转拨一
支已然定向的舵,
万方的风息,都不容许我忧郁
我不能回头,
命运驱策着我!
我也知道这多半是走向
毁灭的路;但

为了你,为了你
我什么都甘愿;
这不仅是我的热情,
我的仅有的理性亦如此说。
痴!想磔碎一个生命的纤微

为了感动一个女人的心!
想博得的,能博得的,至多是
她的一滴泪
她的一阵心酸,
竟许一半声漠然的冷笑;

但我也甘愿，即使

我粉身的消息传到

她的心里如同传到

一块顽石，她把我看作

一只地穴里的鼠，一条虫

我还是甘愿！

痴到了真，是无条件的，

上帝他也无法调回一个

痴定了心如同一个将军

有时调回已上死线的士兵。

枉然，一切都是枉然，

你的不来是不容否认的存在，

否则我心中烧着拨旺的火，

饥渴着你的一切，

你的发，你的笑，你的手脚，

任何的痴恋与祈祷

不能缩短一小寸

你我间的距离！

户外的黄昏已然

凝聚成夜的乌黑,
树枝上挂着冰雪,
鸟雀们典去了它们的啁啾,
沉默是这一致穿孝的宇宙。
钟上的针不断地比着
玄妙的手势,像是指点,
像是同情,像是嘲讽,
每一次到点的打动,我听来是
我自己的心的
活埋的丧钟。

烦忧
戴望舒

说是寂寞的秋的清愁,说是辽远的海的相思。
假如有人问我的烦忧,我不敢说出你的名字。
我不敢说出你的名字,假如有人问我的烦忧。
说是辽远的海的相思,说是寂寞的秋的清愁。

雨巷
戴望舒

撑着油纸伞,独自
彷徨在悠长、悠长
又寂寥的雨巷
我希望逢着
一个丁香一样的
结着愁怨的姑娘

她是有
丁香一样的颜色
丁香一样的芬芳
丁香一样的忧愁
在雨中哀怨
哀怨又彷徨

她彷徨在这寂寥的雨巷
撑着油纸伞
像我一样
像我一样地
默默彳亍着
冷漠、凄清,又惆怅

她默默地走近
走近,又投出
太息一般的眼光
她飘过
像梦一般地
像梦一般地凄婉迷茫

像梦中飘过

一枝丁香地

我身旁飘过这女郎

她静默地远了、远了

到了颓圮的篱墙

走尽这雨巷

在雨的哀曲里

消了她的颜色

散了她的芬芳

消散了，甚至她的

太息般的眼光

丁香般的惆怅

撑着油纸伞，独自

彷徨在悠长、悠长

又寂寥的雨巷

我希望飘过

一个丁香一样的

结着愁怨的姑娘

教我如何不想她
刘半农

天上飘着些微云,
地上吹着些微风。
啊!
微风吹动了我的头发,
教我如何不想她?

月光恋爱着海洋,
海洋恋爱着月光。
啊!
这般蜜也似的银夜,
教我如何不想她?

水面落花慢慢流，
水底鱼儿慢慢游。
啊！
燕子你说些什么话？
教我如何不想她？

枯树在冷风里摇，
野火在暮色中烧。
啊！
西天还有些儿残霞，
教我如何不想她？

情愿

林徽因

我情愿化成一片落叶,
让风吹雨打到处飘零;
或流云一朵,在澄蓝天,
和大地再没有些牵连。

但抱紧那伤心的标志,
去触遇没着落的怅惘;
在黄昏,夜半,蹑着脚走,
全是空虚,再莫有温柔;

忘掉曾有这世界；有你；
哀悼谁又曾有过爱恋；
落花似的落尽，忘了去
这些个泪点里的情绪。

到那天一切都不存留，
比一闪光，一息风更少
痕迹，你也要忘掉了我
曾经在这世界里活过。

仍然
林徽因

你舒伸得像一湖水向着晴空里,
白云,又像是一流冷涧,澄清,
许我循着林岸穷究你的泉源:
我却仍然抱着百般的疑心,对你的每一个映影!
你展开像个千瓣的花朵!
鲜妍是你的每一瓣,更有芳沁,
那温存袭人的花气,伴着晚凉:
我说花儿,这正是春的捉弄人,
来偷取人们的痴情!
你又学叶叶的书篇随风吹展,
揭示你的每一个深思;每一角心境,
你的眼睛望着我,不断的在说话:
我却仍然没有回答,一片的沉静
永远守住我的魂灵。

你是人间的四月天
林徽因

我说你是人间的四月天；
笑响点亮了四面风；
轻灵在春的光艳中交舞着变。
你是四月早天里的云烟，
黄昏吹着风的软，
星子在无意中闪，
细雨点洒在花前。
那轻，那娉婷，你是，
鲜妍
百花的冠冕你戴着，
你是天真，庄严，

你是夜夜的月圆。

雪化后那片鹅黄,你像;

新鲜初放芽的绿,你是;

柔嫩喜悦,

水光浮动着你梦期待中的白莲。

你是一树一树的花开,

是燕在梁间呢喃,

——你是爱,是暖,是希望,

你是人间的四月天!

别丢掉
林徽因

别丢掉这一把过往的热情,
现在流水似的,
轻轻

在幽冷的山泉底,
在黑夜,在松林,
叹息似的渺茫,
你仍要保存着那真!

一样是月明,

一样是隔山灯火,

满天的星,只使人不见,

梦似的挂起,

你问黑夜要回

那一句话——你仍得相信

山谷中留着

有那回音!

送别

李叔同

长亭外,古道边,芳草碧连天。
晚风拂柳笛声残,夕阳山外山。
天之涯,地之角,知交半零落;
一瓢浊酒尽余欢,今宵别梦寒。

菩萨蛮（其一）

李叔同

燕支山上花如雪，燕支山下人如月；
额发翠云铺，眉弯淡欲无。
夕阳微雨后，叶底秋痕瘦；
生怕小言愁，言愁不耐羞。

菩萨蛮（其二）

李叔同

晚风无力垂杨嫩，目光忘却游丝绿；
酒醒月痕底，江南杜宇啼。
痴魂销一捻，愿化穿花蝶；
帘外隔花荫，朝朝香梦沾。

无题

胡适

电报尾上他加了一个字,
我看了百分高兴。
树枝都像在跟着我发疯。
冻风吹来,我也不觉冷。
风啊,你尽管吹!
枯叶啊,你飞一个痛快!
我要细细的想想他,
因为他那个字是"爱"!

也是微云

胡适

也是微云,
也是微云过后月光明。
只不见去年的游伴,
也没有当日的心情。
不愿勾起相思,
不敢出门看月。
偏偏月进窗来,
害我相思一夜。

花瓶诗
胡适

不是怕风吹雨打,
不是羡烛照香熏,
只喜欢那折花的人,
高兴和伊亲近。
花瓣儿纷纷落了,
劳伊亲手收存,
寄给伊心上的人,
当一封没有字的书信。

希望
胡适

我从山中来,带得兰花草。
种在小园中,希望花开好。
一日望三回,望到花时过。
急坏看花人,苞也无一个。
眼见秋天到,移花供在家。
明年春风回,祝汝满盆花。

邮吻

刘大白

我不是不能用指头儿撕，
我不是不能用剪刀儿剖，
只是缓缓地
轻轻地
很仔细地挑开了紫色的信唇；
我知道这信唇里面，
藏着她秘密的一吻。

从她底很郑重的折叠里，
我把那粉红色的信笺，

很郑重地展开了。
我把她很郑重地写的
一字字一行行,
一行行一字字地
很郑重地读了。

我不是爱那一角模糊的邮印,
我不是爱那幅精致的花纹,
只是缓缓地
轻轻地
很仔细地揭起那绿色的邮花;
我知道这邮花背后,
藏着她秘密的一吻。

我的失恋
鲁迅

我的所爱在山腰；
想去寻她山太高，
低头无法泪沾袍。
爱人赠我百蝶巾；
回她什么：猫头鹰。
从此翻脸不理我，
不知何故兮使我心惊。

我的所爱在闹市；
想去寻她人拥挤，
仰头无法泪沾耳。
爱人赠我双燕图；
回她什么：冰糖葫芦。

从此翻脸不理我,
不知何故兮使我糊涂。

我的所爱在河滨;
想去寻她河水深,
歪头无法泪沾襟。
爱人赠我金表索;
回她什么:发汗药。
从此翻脸不理我,
不知何故兮使我神经衰弱。

我的所爱在豪家;
想去寻她兮没有汽车,
摇头无法泪如麻。
爱人赠我玫瑰花;
回她什么:赤练蛇。
从此翻脸不理我。
不知何故兮——由她去罢!

第二篇

我把四季都用来等你

我把四季都用来等你,
用余下的时光作陪。
哪怕幸福倏然而逝,转瞬秋凉,
有你在侧,不诉薄殇。

我把四季都用来等你,
在最美的季节里相遇。
情话比时光还悠长,
藏在心里,到老了再讲。

——题记

蒹葭
——诗经·秦风

蒹葭苍苍,白露为霜。所谓伊人,在水一方。溯洄从之,道阻且长。溯游从之,宛在水中央。

蒹葭萋萋,白露未晞。所谓伊人,在水之湄。溯洄从之,道阻且跻。溯游从之,宛在水中坻。

蒹葭采采,白露未已。所谓伊人,在水之涘。溯洄从之,道阻且右。溯游从之,宛在水中沚。

关雎
——诗经·周南

关关雎鸠,在河之洲。窈窕淑女,君子好逑。
参差荇菜,左右流之。窈窕淑女,寤寐求之。
求之不得,寤寐思服。悠哉悠哉,辗转反侧。
参差荇菜,左右采之。窈窕淑女,琴瑟友之。
参差荇菜,左右芼之。窈窕淑女,钟鼓乐之。

子衿
——诗经·郑风

青青子衿,悠悠我心。
纵我不往,子宁不嗣音?
青青子佩,悠悠我思。
纵我不往,子宁不来?
挑兮达兮,在城阙兮。
一日不见,如三月兮。

子夜歌
——乐府诗集

昔宿不梳头,
丝发披两肩。
婉伸郎膝上,
何处不可怜?

铜官窑瓷器题诗
—— 全唐诗补编

君生我未生,我生君已老。
君恨我生迟,我恨君生早。
君生我未生,我生君已老。
恨不生同时,日日与君好。
我生君未生,君生我已老。
我离君天涯,君隔我海角。
我生君未生,君生我已老。
化蝶去寻花,夜夜栖芳草。

越人歌
——楚辞

今夕何夕兮,搴舟中流。
今日何日兮,得与王子同舟。
蒙羞被好兮,不訾诟耻。
心几烦而不绝兮,得知王子。
山有木兮木有枝,心悦君兮君不知。

上邪
——汉乐府民歌

上邪,

我欲与君相知,长命无绝衰。

山无陵,江水为竭。

冬雷震震,夏雨雪。

天地合,乃敢与君绝。

迢迢牵牛星
—— 古诗十九首

迢迢牵牛星,皎皎河汉女。
纤纤擢素手,札札弄机杼。
终日不成章,泣涕零如雨。
河汉清且浅,相去复几许!
盈盈一水间,脉脉不得语。

行行重行行
——古诗十九首

行行重行行,与君生别离。

相去万余里,各在天一涯。

道路阻且长,会面安可知?

胡马依北风,越鸟巢南枝。

相去日已远,衣带日已缓。

浮云蔽白日,游子不顾反。

思君令人老,岁月忽已晚。

弃捐勿复道,努力加餐饭。

涉江采芙蓉
—— 古诗十九首

涉江采芙蓉,兰泽多芳草。
采之欲遗谁,所思在远道。
还顾望旧乡,长路漫浩浩。
同心而离居,忧伤以终老。

冉冉孤生竹
——古诗十九首

冉冉孤生竹,结根泰山阿。
与君为新婚,兔丝附女萝。
兔丝生有时,夫妇会有宜。
千里远结婚,悠悠隔山陂。
思君令人老,轩车来何迟!
伤彼蕙兰花,含英扬光辉。
过时而不采,将随秋草萎。
君亮执高节,贱妾亦何为?

西洲曲
——南朝·乐府民歌

忆梅下西洲,折梅寄江北。
单衫杏子红,双鬓鸦雏色。
西洲在何处?两桨桥头渡。
日暮伯劳飞,风吹乌臼树。
树下即门前,门中露翠钿。
开门郎不至,出门采红莲。
采莲南塘秋,莲花过人头。
低头弄莲子,莲子清如水。
置莲怀袖中,莲心彻底红。

忆郎郎不至，仰首望飞鸿。

鸿飞满西洲，望郎上青楼。

楼高望不见，尽日栏杆头。

栏杆十二曲，垂手明如玉。

卷帘天自高，海水摇空绿。

海水梦悠悠，君愁我亦愁。

南风知我意，吹梦到西洲。

有所思

（南北朝）萧衍

谁言生离久。

适意与君别。

衣上芳犹在。

握里书未灭。

腰中双绮带。

梦为同心结。

常恐所思露。

瑶华未忍折。

子夜歌
（唐）王屋

千金买良玉，
百金求良工。
为侬作双环，
相连无始终。
妾身妾自惜，
君心君自知。
莫将后日情，
不如初见时。

凤求凰（其一）
（汉）司马相如

有一美人兮，见之不忘。
一日不见兮，思之如狂。
凤飞翱翔兮，四海求凰。
无奈佳人兮，不在东墙。
将琴代语兮，聊写衷肠。
何日见许兮，慰我彷徨。
愿言配德兮，携手相将。
不得於飞兮，使我沦亡。

留别妻

（西汉）苏武

结发为夫妻,恩爱两不疑。
欢娱在今夕,嬿婉及良时。
征夫怀往路,起视夜何其。
参辰皆已没,去去从此辞。
行役在战场,相见未有期。
握手一长叹,泪为生别滋。
努力爱春华,莫忘欢乐时。
生当复来归,死当长相思。

第三篇

深知身在情常在

我爱这世界,因为这世界有你

我爱这春天,可与你共赴花期

我爱这生命,这被你点燃的活力。

——题记

无题

（唐）李商隐

昨夜星辰昨夜风，画楼西畔桂堂东。
身无彩凤双飞翼，心有灵犀一点通。
隔座送钩春酒暖，分曹射覆蜡灯红。
嗟余听鼓应官去，走马兰台类转蓬。

暮秋独游曲江
（唐）李商隐

荷叶生时春恨生，
荷叶枯时秋恨成。
深知身在情长在，
怅望江头江水声。

相思
（唐）王维

红豆生南国，
春来发几枝？
愿君多采撷，
此物最相思。

写情

(唐)李益

水纹珍簟思悠悠,
千里佳期一夕休。
从此无心爱良夜,
任他明月下西楼。

离思
（唐）元稹

曾经沧海难为水，
除却巫山不是云。
取次花丛懒回顾，
半缘修道半缘君。

望月怀远

（唐）张九龄

海上生明月，天涯共此时。
情人怨遥夜，竟夕起相思。
灭烛怜光满，披衣觉露滋。
不堪盈手赠，还寝梦佳期。

送人

（唐）杜牧

鸳鸯帐里暖芙蓉，
低泣关山几万重。
明镜半边钗一股，
此生何处不相逢？

春思
（唐）李白

燕草如碧丝，秦桑低绿枝。
当君怀归日，是妾断肠时。
春风不相识，何事入罗帏？

赋得自君之出矣
（唐）张九龄

自君之出矣,

不复理残机。

思君如满月,

夜夜减清辉。

折杨柳
（唐）李白

垂杨拂绿水，摇艳东风年。
花明玉关雪，叶暖金窗烟。
美人结长想，对此心凄然。
攀条折春色，远寄龙庭前。

竹枝词（部分）
（唐）刘禹锡

杨柳青青江水平，
闻郎江上踏歌声。
东边日出西边雨，
道是无晴却有晴。

闺怨

（唐）王昌龄

闺中少妇不知愁，
春日凝妆上翠楼。
忽见陌头杨柳色，
悔教夫婿觅封侯。

闺怨

（唐）鱼玄机

靡芜盈手泣斜晖,闻道邻家夫婿归。
别日南鸿才北去,今朝北雁又南飞。
春来秋去相思在,秋去春来信息稀。
扃闭朱门人不到,砧声何事透罗帏。

题都城南庄
（唐）崔护

去年今日此门中，
人面桃花相映红。
人面不知何处去，
桃花依旧笑春风。

赠别二首

（唐）杜牧

娉娉袅袅十三余，豆蔻梢头二月初。
春风十里扬州路，卷上珠帘总不如。
多情却似总无情，唯觉樽前笑不成。
蜡烛有心还惜别，替人垂泪到天明。

夜雨寄北
（唐）李商隐

君问归期未有期，
巴山夜雨涨秋池。
何当共剪西窗烛，
却话巴山夜雨时。

无题·相见时难别亦难
（唐）李商隐

相见时难别亦难，东风无力百花残。
春蚕到死丝方尽，蜡炬成灰泪始干。
晓镜但愁云鬓改，夜吟应觉月光寒。
蓬山此去无多路，青鸟殷勤为探看。

春梦
（唐）岑参

洞房昨夜春风起，
遥忆美人湘江水。
枕上片时春梦中，
行尽江南数千里。

长干行

(唐)李白

妾发初覆额,折花门前剧。
郎骑竹马来,绕床弄青梅。
同居长干里,两小无嫌猜。
十四为君妇,羞颜未尝开。
低头向暗壁,千唤不一回。
十五始展眉,愿同尘与灰。
常存抱柱信,岂上望夫台。
十六君远行,瞿塘滟滪堆。
五月不可触,猿声天上哀。
门前迟行迹,一一生绿苔。
苔深不能扫,落叶秋风早。
八月蝴蝶黄,双飞西园草。
感此伤妾心,坐愁红颜老。
早晚下三巴,预将书报家。
相迎不道远,直至长风沙。

琵琶行
(唐) 白居易

浔阳江头夜送客,枫叶荻花秋瑟瑟。
主人下马客在船,举酒欲饮无管弦。
醉不成欢惨将别,别时茫茫江浸月。
忽闻水上琵琶声,主人忘归客不发。
寻声暗问弹者谁,琵琶声停欲语迟。
移船相近邀相见,添酒回灯重开宴。
千呼万唤始出来,犹抱琵琶半遮面。
转轴拨弦三两声,未成曲调先有情。
弦弦掩抑声声思,似诉平生不得志。
低眉信手续续弹,说尽心中无限事。
轻拢慢捻抹复挑,初为霓裳后六幺。
大弦嘈嘈如急雨,小弦切切如私语。
嘈嘈切切错杂弹,大珠小珠落玉盘。

间关莺语花底滑，幽咽泉流冰下难。
冰泉冷涩弦凝绝，凝绝不通声暂歇。
别有幽愁暗恨生，此时无声胜有声。
银瓶乍破水浆迸，铁骑突出刀枪鸣。
曲终收拨当心画，四弦一声如裂帛。
东船西舫悄无言，唯见江心秋月白。
沈吟放拨插弦中，整顿衣裳起敛容。
自言本是京城女，家在虾蟆陵下住。
十三学得琵琶成，名属教坊第一部。
曲罢曾教善才服，妆成每被秋娘妒。
五陵年少争缠头，一曲红绡不知数。
钿头云篦击节碎，血色罗裙翻酒污。
今年欢笑复明年，秋月春风等闲度。
弟走从军阿姨死，暮去朝来颜色故。
门前冷落鞍马稀，老大嫁作商人妇。
商人重利轻别离，前月浮梁买茶去。
去来江口守空船，绕船月明江水寒。

夜深忽梦少年事，梦啼妆泪红阑干。
我闻琵琶已叹息，又闻此语重唧唧。
同是天涯沦落人，相逢何必曾相识。
我从去年辞帝京，谪居卧病浔阳城。
浔阳地僻无音乐，终岁不闻丝竹声。
住近湓江地低湿，黄芦苦竹绕宅生。
其间旦暮闻何物？杜鹃啼血猿哀鸣。
春江花朝秋月夜，往往取酒还独倾。
岂无山歌与村笛，呕哑嘲哳难为听。
今夜闻君琵琶语，如听仙乐耳暂明。
莫辞更坐弹一曲，为君翻作琵琶行。
感我此言良久立，却坐促弦弦转急。
凄凄不似向前声，满座重闻皆掩泣。
座中泣下谁最多，江州司马青衫湿。

长恨歌

（唐）白居易

汉皇重色思倾国，御宇多年求不得。
杨家有女初长成，养在深闺人未识。
天生丽质难自弃，一朝选在君王侧。
回眸一笑百媚生，六宫粉黛无颜色。
春寒赐浴华清池，温泉水滑洗凝脂。
侍儿扶起娇无力，始是新承恩泽时。
云鬓花颜金步摇，芙蓉帐暖度春宵。
春宵苦短日高起，从此君王不早朝。
承欢侍宴无闲暇，春从春游夜专夜。
后宫佳丽三千人，三千宠爱在一身。
金屋妆成娇侍夜，玉楼宴罢醉和春。
姊妹弟兄皆列土，可怜光彩生门户。
遂令天下父母心，不重生男重生女。

骊宫高处入青云，仙乐风飘处处闻。
缓歌慢舞凝丝竹，尽日君王看不足。
渔阳鼙鼓动地来，惊破霓裳羽衣曲。
九重城阙烟尘生，千乘万骑西南行。
翠华摇摇行复止，西出都门百余里。
六军不发无奈何，宛转蛾眉马前死。
花钿委地无人收，翠翘金雀玉搔头。
君王掩面救不得，回看血泪相和流。
黄埃散漫风萧索，云栈萦纡登剑阁。
峨眉山下少人行，旌旗无光日色薄。
蜀江水碧蜀山青，圣主朝朝暮暮情。
行宫见月伤心色，夜雨闻铃肠断声。
天旋地转回龙驭，到此踌躇不能去。

马嵬坡下泥土中,不见玉颜空死处。
君臣相顾尽沾衣,东望都门信马归。
归来池苑皆依旧,太液芙蓉未央柳。
芙蓉如面柳如眉,对此如何不泪垂。
春风桃李花开日,秋雨梧桐叶落时。
西宫南内多秋草,落叶满阶红不扫。
梨园弟子白发新,椒房阿监青娥老。
夕殿萤飞思悄然,孤灯挑尽未成眠。
迟迟钟鼓初长夜,耿耿星河欲曙天。
鸳鸯瓦冷霜华重,翡翠衾寒谁与共。
悠悠生死别经年,魂魄不曾来入梦。
临邛道士鸿都客,能以精诚致魂魄。
为感君王辗转思,遂教方士殷勤觅。
排空驭气奔如电,升天入地求之遍。
上穷碧落下黄泉,两处茫茫皆不见。
忽闻海上有仙山,山在虚无缥缈间。
楼阁玲珑五云起,其中绰约多仙子。

中有一人字太真，雪肤花貌参差是。
金阙西厢叩玉扃，转教小玉报双成。
闻道汉家天子使，九华帐里梦魂惊。
揽衣推枕起徘徊，珠箔银屏迤逦开。
云鬓半偏新睡觉，花冠不整下堂来。
风吹仙袂飘飘举，犹似霓裳羽衣舞。
玉容寂寞泪阑干，梨花一枝春带雨。
含情凝睇谢君王，一别音容两渺茫。
昭阳殿里恩爱绝，蓬莱宫中日月长。
回头下望人寰处，不见长安见尘雾。
唯将旧物表深情，钿合金钗寄将去。
钗留一股合一扇，钗擘黄金合分钿。
但教心似金钿坚，天上人间会相见。
临别殷勤重寄词，词中有誓两心知。
七月七日长生殿，夜半无人私语时。
在天愿作比翼鸟，在地愿为连理枝。
天长地久有时尽，此恨绵绵无绝期。

第四篇

只愿君心似我心

有时爱是陪伴，有时爱是成全，有时爱是疼惜，有时爱是远离。陪你看花开的灵迷，牵手听花落廖寂，待纷飞的时光流去，那一处一处的足迹，在心底。

——题记

生查子

(南宋)朱淑真

去年元夜时,花市灯如昼。
月上柳梢头,人约黄昏后。
今年元夜时,月与灯依旧。
不见去年人,泪湿春衫袖。

生查子
（唐）晏几道

关山魂梦长,鱼雁音尘少。
两鬓可怜青,只为相思老。
归梦碧纱窗,说与人人道。
真个别离难,不似相逢好。

生查子
（唐）牛希济

春山烟欲收，天澹星稀小。
残月脸边明，别泪临清晓。
语已多，情未了，回首犹重道：
记得绿罗裙，处处怜芳草。

过垂虹
（南宋）姜夔

自作新词韵最娇，
小红低唱我吹箫。
曲终过尽松陵路，
回首烟波十四桥。

望江南·梳洗罢
（唐）温庭筠

梳洗罢，
独倚望江楼。
过尽千帆皆不是，
斜晖脉脉水悠悠。
肠断白蘋洲。

长相思
（唐）白居易

汴水流，泗水流，
流到瓜州古渡头，
吴山点点愁。
思悠悠，恨悠悠，
恨到归时方始休，
月明人倚楼。

木兰花·拟古决绝词柬友

（清）纳兰性德

人生若只如初见，何事秋风悲画扇。
等闲变却故人心，却道故人心易变。
骊山语罢清宵半，夜雨霖铃终不怨。
何如薄幸锦衣郎，比翼连枝当日愿。

红豆词

（清）曹雪芹

滴不尽相思血泪抛红豆，开不完春柳春花满画楼；
睡不稳纱窗风雨黄昏后，忘不了新愁与旧愁。
咽不下玉粒金莼噎满喉，照不见菱花镜里形容瘦。
展不开的眉头，捱不明的更漏。喔……
恰便似遮不住的青山隐隐，流不断的绿水悠悠。

折桂令 · 春情
（元）徐再思

平生不会相思，才会相思，便害相思。

身似浮云，心如飞絮，气若游丝。

空一缕余香在此，盼千金游子何之。

证候来时，正是何时？灯半昏时，月半明时。

摸鱼儿·雁丘词

（金）元好问

问世间，情为何物，直教生死相许？

天南地北双飞客，老翅几回寒暑。

欢乐趣，离别苦，就中更有痴儿女。

君应有语：渺万里层云，千山暮雪，只影向谁去？

横汾路，寂寞当年箫鼓，荒烟依旧平楚。

招魂楚些何嗟及，山鬼暗啼风雨。

天也妒，未信与，莺儿燕子俱黄土。

千秋万古，为留待骚人，狂歌痛饮，来访雁丘处。

西楼曲

（金）元好问

游丝落絮春漫漫，西楼晓晴花作团。
楼中少妇弄瑶瑟，一曲未终坐长叹。
去年与郎西入关，春风浩荡随金鞍。
今年区马妾东还，零落芙蓉秋水寒。
并刀不剪东流水，湘竹年年泪痕紫。
海枯石烂两鸳鸯，只合双飞便双死。
重城车马红尘起，乾鹊无端为谁喜？
镜中独语人不知，欲插花枝泪如洗。

一剪梅

（宋）李清照

红藕香残玉簟秋，轻解罗裳，独上兰舟。
云中谁寄锦书来？雁字回时，月满西楼。
花自飘零水自流。一种相思，两处闲愁。
此情无计可消除。才下眉头，却上心头。

醉花阴·薄雾浓云愁永昼

（宋）李清照

薄雾浓云愁永昼，瑞脑销金兽。

佳节又重阳，玉枕纱厨，半夜凉初透。

东篱把酒黄昏后，有暗香盈袖。

莫道不销魂，帘卷西风，人比黄花瘦。

点绛唇·闺思
（宋）李清照

寂寞深闺,柔肠一寸愁千缕。惜春春去。几点催花雨。
倚遍阑干,只是无情绪。人何处。连天衰草,望断归来路。

钗头凤·红酥手
（宋）陆游

红酥手，黄縢酒，满城春色宫墙柳。东风恶，欢情薄。一怀愁绪，几年离索。

错、错、错。

春如旧，人空瘦，泪痕红浥鲛绡透。桃花落，闲池阁。山盟虽在，锦书难托。

莫、莫、莫！

江城子·乙卯正月二十日夜记梦
（北宋）苏轼

十年生死两茫茫，不思量，自难忘。
千里孤坟，无处话凄凉。
纵使相逢应不识，尘满面，鬓如霜。
夜来幽梦忽还乡。
小轩窗，正梳妆。
相顾无言，惟有泪千行。
料得年年肠断处，明月夜，短松冈。

水调歌头·明月几时有
（北宋）苏轼

明月几时有？把酒问青天。不知天上宫阙，今夕是何年。我欲乘风归去，又恐琼楼玉宇，高处不胜寒。起舞弄清影，何似在人间。

转朱阁，低绮户，照无眠。不应有恨，何事长向别时圆？人有悲欢离合，月有阴晴圆缺，此事古难全。但愿人长久，千里共婵娟。

蝶恋花·槛菊愁烟兰泣露
（北宋）晏殊

槛菊愁烟兰泣露，罗幕轻寒，燕子双飞去。明月不谙离恨苦，斜光到晓穿朱户。

昨夜西风凋碧树，独上高楼，望尽天涯路。欲寄彩笺兼尺素，山长水阔知何处！

车遥遥篇
（南宋）范成大

车遥遥,马憧憧。

君游东山东复东,安得奋飞逐西风。

愿我如星君如月,夜夜流光相皎洁。

月暂晦,星常明。

留明待月复,三五共盈盈。

鹊桥仙·纤云弄巧

（北宋）秦观

纤云弄巧，飞星传恨，银汉迢迢暗度。
金风玉露一相逢，便胜却人间无数。
柔情似水，佳期如梦，忍顾鹊桥归路。
两情若是久长时，又岂在朝朝暮暮。

青玉案·元夕
（南宋）辛弃疾

东风夜放花千树。更吹落、星如雨。宝马雕车香满路。凤箫声动，玉壶光转，一夜鱼龙舞。

蛾儿雪柳黄金缕。笑语盈盈暗香去。众里寻他千百度。蓦然回首，那人却在，灯火阑珊处。

雨霖铃·寒蝉凄切
（北宋）柳永

寒蝉凄切，对长亭晚，骤雨初歇。都门帐饮无绪，留恋处，兰舟催发。执手相看泪眼，竟无语凝噎。念去去，千里烟波，暮霭沉沉楚天阔。

多情自古伤离别，更那堪冷落清秋节！今宵酒醒何处？杨柳岸，晓风残月。此去经年，应是良辰好景虚设。便纵有千种风情，更与何人说？

蝶恋花·伫倚危楼风细细
（北宋）柳永

伫倚危楼风细细，望极春愁，黯黯生天际。草色烟光残照里，无言谁会凭阑意。

拟把疏狂图一醉，对酒当歌，强乐还无味。衣带渐宽终不悔，为伊消得人憔悴。

鹧鸪天·彩袖殷勤捧玉钟
（北宋）晏几道

彩袖殷勤捧玉钟，当年拚却醉颜红。舞低杨柳楼心月，歌尽桃花扇底风。

从别后，忆相逢，几回魂梦与君同。今宵剩把银釭照，犹恐相逢是梦中。

临江仙·梦后楼台高锁
（北宋）晏几道

梦后楼台高锁，酒醒帘幕低垂。去年春恨却来时。落花人独立，微雨燕双飞。

记得小蘋初见，两重心字罗衣。琵琶弦上说相思。当时明月在，曾照彩云归。

玉楼春·春恨
（北宋）晏殊

绿杨芳草长亭路，年少抛人容易去。楼头残梦五更钟，花底离愁三月雨。

无情不似多情苦，一寸还成千万缕。天涯地角有穷时，只有相思无尽处。

卜算子·我住长江头
（北宋）李之仪

我住长江头，君住长江尾。日日思君不见君，共饮长江水。此水几时休？此恨何时已？只愿君心似我心，定不负相思意。

青玉案·凌波不过横塘路
（北宋）贺铸

凌波不过横塘路。但目送、芳尘去。锦瑟华年谁与度？月桥花院，琐窗朱户。只有春知处。

飞云冉冉蘅皋暮。彩笔新题断肠句。若问闲情都几许。一川烟草，满城风絮。梅子黄时雨。

蝶恋花·庭院深深深几许
（北宋）欧阳修

庭院深深深几许，杨柳堆烟，帘幕无重数。玉勒雕鞍游冶处，楼高不见章台路。

雨横风狂三月暮，门掩黄昏，无计留春住。泪眼问花花不语，乱红飞过秋千去。

踏莎行·候馆梅残
（北宋）欧阳修

候馆梅残,溪桥柳细。草薰风暖摇征辔。离愁渐远渐无穷,迢迢不断如春水。

寸寸柔肠,盈盈粉泪。楼高莫近危阑倚。平芜尽处是春山,行人更在春山外。

玉楼春·尊前拟把归期说
（北宋）欧阳修

尊前拟把归期说。欲语春容先惨咽。人生自是有情痴，此恨不关风与月。

离歌且莫翻新阕。一曲能教肠寸结。直须看尽洛城花，始共春风容易别。

怨郎诗
（西汉）卓文君

一朝别后,二地相悬。
只说是三四月,又谁知五六年?
七弦琴无心弹,八行书无可传。
九连环从中折断,十里长亭望眼欲穿。
百思想,千系念,万般无奈把郎怨。
万语千言说不完,百无聊赖十倚栏。
重九登高看孤雁,八月中秋月圆人不圆。
七月半,秉烛烧香问苍天,
六月三伏天,人人摇扇我心寒。
五月石榴红似火,偏遇阵阵冷雨浇花端。
四月枇杷未黄,我欲对镜心意乱。
急匆匆,三月桃花随水转。
飘零零,二月风筝线儿断。
噫!郎呀郎,
巴不得下一世,你为女来我做男!

更漏子·玉炉香

（唐）温庭筠

玉炉香，红烛泪，偏照画堂秋思。眉翠薄，鬓云残，夜长衾枕寒。梧桐树，三更雨，不道离情正苦。一叶叶，一声声，空阶滴到明。

相见欢·无言独上西楼
（南唐）李煜

无言独上西楼，月如钩。
寂寞梧桐深院锁清秋。
剪不断，理还乱，是离愁。
别是一般滋味在心头。

节妇吟·寄东平李司空师道

（唐）张籍

君知妾有夫，赠妾双明珠。
感君缠绵意，系在红罗襦。
妾家高楼连苑起，良人执戟明光里。
知君用心如日月，事夫誓拟同生死。
还君明珠双泪垂，恨不相逢未嫁时。

秋风词

（唐）李白

秋风清,秋月明,

落叶聚还散,寒鸦栖复惊。

相思相见知何日?此时此夜难为情!

入我相思门,知我相思苦,

长相思兮长相忆,短相思兮无穷极,

早知如此绊人心,何如当初莫相识。

思帝乡·春日游

（唐）韦庄

春日游,杏花吹满头。陌上谁家年少,足风流。妾拟将身嫁与,一生休。纵被无情弃,不能羞。

女冠子·四月十七

（唐）韦庄

四月十七日，正是去年今，别君时。忍泪佯低面，含羞半敛眉。不知魂已断，空有梦相随。除却天边月，没人知。

长相思·游西湖

（唐）康与之

南高峰，北高峰，一片湖光烟霭中。春来愁杀侬。
郎意浓，妾意浓。油壁车轻郎马骢，相逢九里松。

后 记

编完这本书，再一次被这些精致唯美的诗行打动，仿佛经历了一场美好的恋爱，进入到一个更加澄明的世界，心是柔软的，让我能够更加从容地应对日常生活的匆忙喧嚣。

诗书入骨，深情走心，请同我一样，爱读诗的你，收藏这些诗歌，让她陪伴你度过每一个思念的夜晚和前行的旅程。愿这些美丽的诗行浸润你的情、你的爱、你的人生。

世事无常，唯有读过的书和走过的路渗入骨血，始终滋养着那颗险被世俗拨乱的心。你来不来，我都不老。

多想你能静下来，听我为你读首诗……